AF297576

PROFESSION DE FOI

DES

LIBÉRAUX,

DÉDIÉE A TOUS LES PEUPLES

ET

A TOUS LES CITOYENS DE L'UNIVERS.

Chi va piano va sano ,
Chi va sano va lontano.

Par E.-F.-H. MONCEY ,

Ancien Capitaine de Chasseurs à cheval, Chevalier de
l'Ordre Royal de la Légion-d'Honneur.

DEUXIÈME ÉDITION REVUE AVEC SOIN.

Prix 80 centimes.

A PARIS,

Chez Letourneux, Libraire - Commissionnaire , rue
Git-le-Cœur , n° 4 ;

Et chez Ladvocat, Libraire, au Palais-Royal , galerie
de Bois, n°ˢ 197 et 198.

1819.

A TOUS LES PEUPLES,

ET

A TOUS LES CITOYENS DE L'UNIVERS.

A‍u milieu des calomnies qu'on se plait à répandre sur le compte des Libéraux, j'ai pensé qu'il était bon de faire connaître d'une manière formelle quelles sont leurs vues et leurs principes : c'est la meilleure manière de répondre aux injures des uns, et de calmer les craintes chimériques des autres ; j'ai pensé aussi qu'il était nécessaire de faire connaître à ceux qui sont franchement Libéraux, la manière dont ils doivent se conduire, s'ils veulent être considérés comme tels et mériter de l'être. Il importe d'ailleurs qu'ils ne puissent être égarés par les conseils perfides ou insensés des gens à parti et des faux frères; qu'une si belle cause loin d'être avilie, devienne forcément celle de tous les honnêtes gens, qu'on rougisse de ne point la défendre, et enfin, que si elle ne produit aucun bien, *elle ne soit du moins cause d'aucun mal.*

Tel est le but que je me suis proposé dans un petit ouvrage intitulé : *Profession de Foi des Libéraux*; ainsi on ne dira plus que nous ne nous entendons pas, et, encore moins, que nos intentions sont perfides, elles seront connues. D'ailleurs l'odieux assassinat de Kotzbüe me fait sentir aujourd'hui, bien plus encore qu'auparavant, la nécessité d'une telle *Profession de foi,* soit que cet assassinat ait été commis par un fanatique libéral , soit qu'il l'ait été par un fanatique anti-libéral, dans le dessein d'en faire tomber tout l'odieux sur le libéralisme et de faire détester une si belle cause, en raison des crimes dont on cherche à la rendre responsable. C'est ainsi qu'on a combattu les religions les plus saines; pourtant elles ont fini par triompher et le Libéralisme triomphera de même , parce que « la raison doit toujours finir par » avoir raison. »

Fasse le ciel que mon ouvrage soit digne d'une si belle cause et qu'il soit approuvé par tous les honnêtes gens, qui tous sont Libéraux ou doivent le devenir, à l'exemple des Souverains les plus illustres , au milieu desquels nous nous énorgueillissons de compter Louis XVIII ; Alexandre, Maximilien , etc. Dans tous les cas , je ne crains pas d'être désavoué par aucun vrai Libéral et je pense que nuls Anti - Libéraux n'auront l'impudeur de blâmer l'esprit dans lequel est rédigée cette *Profession de Foi* (1) ; *ma Profession de Foi à tous les Peuples et à tous les Citoyens de l'Univers,* dont je me déclare à jamais le très-dévoué serviteur.

---

(1) Il y a plus, s'ils sont *honnêtes gens*, comme ils le disent, ils doivent bénir celui qui cherche à régulariser le libéralisme de telle sorte que ses partisans *ni ses ennemis* ne puissent en abuser ; les premiers, par excès de zèle, les autres pour l'avilir ; mais c'est peut-être ce que certains honnêtes gens me pardonneront le moins. Quoiqu'il en soit j'adresse avec cette confiance qui naît d'une intention pure.

PROFESSION DE FOI

LIBÉRAUX.

Article 1ᵉʳ. Le Libéralisme est la pratique plus encore que l'enseignement de toutes les vertus publiques ; c'est aussi l'art de mettre en action les vérités éternelles, de détruire toutes les erreurs, de perfectionner toutes choses, et sur-tout de réaliser, à tous égards, le bonheur des individus et la prospérité des nations.

2. Les Libéraux doivent tous tendre au même but, de la même manière, afin d'agir plus 'efficacement, et de faire avancer le monde, chaque jour, vers le point de perfection possible. C'est ainsi, et seulement ainsi, qu'ils parviendront à plaire à la Divinité, et à rendre les hommes aussi heureux qu'ils se montreront dignes de l'être.

3. Pour accomplir plus facilement de si nobles desseins, les Libéraux doivent avoir une règle de conduite de laquelle ils ne peuvent se départir, et cette sorte de loi libérale doit être nécessairement conforme à la religion, aux lois, à la justice, à la raison et à l'intérêt général et particulier des peuples et des citoyens. Telle est la *Profession de Foi des Libéraux.* Ainsi, chaque fois qu'il s'agit d'un objet relatif au Libéralisme, les Libéraux doivent consulter la *Profession de Foi,* puis agir d'après leur conscience.

4. Pour aider , autant que posssible , la propagation du Libéralisme , les Libéraux de chaque nation doivent avoir , sous la direction d'une *Commission libérale éta- blie légalement*, une caisse alimentée par la souscription des partisans de la libéralité , et destinée à venir au se- cours des malheureux , même illibéraux , et à pourvoir aux dépenses que la propagation du Libéralisme , par toutes sortes de voies licites , rendra indispensables.

5. Les Libéraux de chaque nation , sauf l'autorisation nécessaire de leurs gouvernemens respectifs, éleveront un temple magnifique *à Dieu Libéral* , sous l'intercesssion du souverain décédé qui sera *jugé solennellement* avoir le mieux servi la cause de la Libéralité. Les colonnes de ce temple seront chargées d'inscriptions en l'honneur des Libéraux qui en seront de même jugés dignes , et des colonnes particulières seront destinées aux législateurs , ministres et autres hommes d'État.

6. Il sera formé , dans chaque nation, par les soins de la commission libérale , un calendrier des Libéraux qui seront jugés dignes d'y figurer , et leurs fêtes seront célébrées par les Libéraux de tels ou tels pays et can- tons, selon qu'ils y seront plus ou moins en honneur.

Il sera également formé un calendrier des Anti-Libé- raux qui seront jugés dignes du mépris de la postérité , et tous ces jugemens seront sujets à être revisés au bout d'un siècle, sur la demande expresse de cinq membres de la commission libérale, aussi bien que la présente *Profession de Foi.*

7. Les Libéraux , quelle que soit leur religion, car ils ne peuvent être athées, doivent en remplir scrupuleuse-

ment les devoirs, et donner ainsi aux citoyens l'exemple de toutes les vertus religieuses.

8. Les Libéraux croient donc nécessairement en un ou plusieurs dieux dont la puissance et la perfection sont infinies, et sous la dépendance desquels tout ce qui existe se trouve de fait et de droit, en un mode quelconque de culte à rendre à ces dieux, et en certains préceptes qui, dans tous les cas, doivent être conformes aux principes universellement reconnus incontestables, et enseigner l'amour de la patrie et de l'humanité, l'observance des lois, et le respect des autorités publiques.

9. Les Libéraux doivent aimer leur patrie, quelle qu'elle soit, par dessus toute chose humaine, la faire respecter au dehors, et chercher à la faire prospérer, en protégeant toutes les institutions capables de l'amener au plus haut point d'élévation et de civilisation, et en combattant légalement celles qui sont contraires au bien public, c'est-à-dire illibérales.

10. Les Libéraux doivent respecter les lois de leur pays, si mauvaises qu'elles soient, et les faire observer et respecter par qui que ce soit, notamment par les autorités publiques; mais ils doivent, par toutes sortes de moyens légaux, seulement, chercher à faire réformer celles qui ne sont point libérales, à faire modifier celles qui, sans être mauvaises, ne sont point encore parfaitement bonnes, et à faire rendre celles qu'ils jugent nécessaires.

11. Les Libéraux doivent veiller à ce qu'on exécute ponctuellement les lois et à ce qu'on ne leur attribue point un sens opposé à celui qu'elles ont, ou contraire à la

libéralité; notamment les lois fondamentales et organi-
ques, celles qui garantissent certaines libertés, qui as-
surent certains droits et qui concernent l'administration
de la justice.

12. Les Libéraux doivent veiller à ce que les lois se-
condaires soient toujours faites et interprétées selon les
lois fondamentales, empêcher autant que possible qu'on
n'en viole aucunes, notamment ces dernières, même
sous le prétexte du plus grand bien, parce qu'un prétexte manque rarement et qu'il est toujours spécieux en
ce cas.

13. Les Libéraux doivent servir fidèlement le Gouvernement de leur pays, quel qu'il soit; chercher à obtenir les bonnes grâces de ses principaux agens et à s'é-
lever, dans la seule vue d'être utiles à leur patrie et
d'être plus à même de servir leur sainte cause par toutes
sortes de voies légales.

14. Les Libéraux doivent s'attacher aux institutions
éminemment libérales, les perfectionner sans cesse,
déterminer, par tous les moyens légaux possibles, l'autorité souveraine à en bénéficier la nation, engager le
peuple à les accepter avec reconnaissance, et contraindre
ensuite les autorités publiques, civiles, religieuses et
autres à les respecter et faire respecter par qui de droit.

15. Les Libéraux doivent entrer sur-le-champ, et
autant qu'ils le peuvent, en pleine jouissance des droits
qui leur sont accordés par de nouvelles lois, parce qu'un
droit consacré par la loi devient bien plus positif et plus
assuré, quand il est en outre consacré par l'usage; mais
ils doivent bien se garder d'abuser des libertés ou garanties données par les lois : telle chose qu'il est de leur

devoir et courageux de dire ou de faire sous un régime arbitraire , n'est souvent qu'une insigne lâcheté sous le régime des lois.

16. Les Libéraux , s'ils ne peuvent, sans danger pour le bien public , chercher à faire établir tout à coup , par qui de droit, une institution nouvelle, doivent du moins chercher à l'établir partiellement , en faisant accepter, et ce , toujours légalement, tantôt un article de loi, tantôt un autre , et même, s'il le faut, seulement une partie d'article ; mais ils ne doivent jamais renoncer a ce qu'ils ont entrepris, à moins qu'il n'en doive résulter plus de mal que de bien pour l'État ou la société.

17. De crainte qu'en voulant faire tout le bien qui est dans leurs cœurs , ils ne puissent en faire aucun , les Libéraux doivent se résigner à ne tenter que le bien évidemment possible , et songer qu'en demandant aux hommes puissans plus de concessions que leurs passions ne leur permettent d'en faire, on risque de n'en obtenir aucunes.

18. Les Libéraux doivent aller progressivement , ne rien précipiter, mais ne jamais se rallentir, et commencer par ce qui est le moins dans le cas de choquer les passions et les intérêts généraux et particuliers , sur-tout bien se garder d'effaroucher les consciences.

19. Les Libéraux doivent s'attacher préalablement à obtenir d'une manière licite :

1°. Des limites invariables pour chaque nation, et déterminées par les traités autant que possible, de manière qu'elles soient conformes à celles indiquées par la nature.

2°. Une représentation générale pour toutes les nations civilisées, à l'effet de discuter les intérêts généraux et particuliers des peuples et des États, jamais ceux des religions.

3°. Un Code général sur les droits civils des peuples et des Gouvernemens en temps de paix comme en temps de guerre, pour servir de règle de conduite à la représentation générale des nations.

4°. Une représentation générale pour toutes les religions, à l'effet de discuter les intérêts généraux et particuliers de toutes ces religions ; jamais ceux des nations.

5°. Un Code général religieux sur les droits religieux des peuples et des citoyens, et sur les principes généraux de religion, pour servir de règle de conduite à la représentation générale religieuse.

6°. Un gouvernement représentatif pour chaque État, tel que les Electeurs et les Représentans, offrent des garanties suffisantes de leur dévouement au bien public et de l'intérêt qu'ils ont au maintien de l'ordre et de la paix en tous lieux, et puissent concourir à la nomination de certaines autorités.

7°. Le droit, pour les assemblées législatives, de discuter tout ce qui peut intéresser la société, les nations et les individus, notamment les levées d'hommes et d'impôts, ainsi que leur emploi, les traités et conventions de toutes espèces du Gouvernement avec les gouvernemens étrangers ou avec les particuliers, etc., et, en général, les lois et règlemens relatifs à tel objet que ce soit, ainsi que les interprétations de ces lois et règlemens, quand cela est nécessaire.

8°. L'égalité effective et entière des devoirs, des droits

et des charges, en raison des facultés d'un chacun, notamment l'égale répartition des impôts de toutes natures
sur tous les revenus, excepté sur ceux de l'État, et l'o-
bligation générale et exclusive de servir sa patrie conformément aux lois.

9°. La diminution des charges publiques, en sorte
que les impôts ne s'élèvent jamais qu'au dixième du re-
venu d'un chacun, sauf dans des circonstances extraor-
dinaires absolument inévitables et déterminées par les
lois.

10°. L'aliénabilité de tous les biens, sans aucune
distinction de ceux attachés à des titres de noblesse
ou autres ; mais seulement de ceux affectés au domaine
de l'État, lesquels ne seront aliénables que dans les cas
prévus par les lois.

11°. La liberté individuelle garantie de telle sorte
que le domicile de qui que ce soit, ne puisse être violé,
par qui de droit, que dans les cas et les formes voulues
par les lois, et que personne ne puisse être poursuivi,
arrêté, détenu, jugé et condamné que conformément
aux lois.

12°. La liberté de conscience la plus absolue, pourvu
que toute religion soit conforme aux principes moraux
universellement reconnus incontestables, prescrive l'a-
mour de la patrie et de l'humanité, l'observance des lois
et le respect des autorités publiques, et n'enseigne rien
de contraire aux lois divine; mais, dans tous les cas, la
répression de l'athéisme et des abus qui pourraient résulter de l'exercice extérieur de chaque culte.

La même protection, la même liberté et les même
avantages pour chaque religion ; mais l'obligation de

remplir les devoirs imposés par celle qu'on professe.

13°. La liberté entière de la presse, sauf seulement la répression des écrits injurieux, calomnieux ou adulatoires, contraires aux secrets d'Etat, à une religion quelconque, à toute morale universellement reconnue incontestable, aux lois divines, et à la vérité, ou qui provoqueraient aux crimes, délits et abus prévus par les lois.

14°. La liberté entière du commerce, sauf la répression des abus qui pourraient résulter de cette liberté, sur-tout à l'égard du commerce extérieur et de celui des grains.

15°. La liberté de garder le célibat, ou de contracter mariage avec qui l'on veut, une fois qu'on a atteint l'âge fixé par la loi ; la répression de l'inceste, de l'adultère, de la polygamie et de tous autres crimes semblables, ainsi que celle des abus seulement, du célibat et du divorce ; la légitimité et les droits qui s'ensuivent, de tout enfant reconnu par ses père et mère, ou par l'un d'eux seulement ; la protection du Gouvernement à l'égard de tout enfant né de père et de mère inconnus, et enfin l'application d'une peine infamante pour quiconque sera convaincu d'avoir manqué, sans motifs légaux aux devoirs sacrés de citoyen, de père ou de mère, d'époux ou d'épouse, ou autres équivalens.

16°. Une justice impartiale, garantie par la responsabilité des autorités publiques, par la publicité des débats et par la publication de toutes les pièces et informations relatives à l'instruction, ainsi que par celle des moyens employés par la police et ses agens, les juges et telles autres personnes que ce soit, pour la manifestation de la vérité.

17°. L'établissemnnt d'un jury composé de jurés dé-
signés par les électeurs , pris parmi les éligibles et
appelés par ordre alphabétique, pour connaître de tous
les crimes et abus qui entraînent l'application de peines
afflictives ou réputées infamantes par la loi sans exception, et notamment de ceux relatifs à la liberté de la
presse et aux abus d'autorité.

18°. L'abolition de l'exil , de la déportation , de la
confiscation des biens , du droit d'aubaine et autres semblables , de la torture et des supplices lents et atroces.
Celle de l'opération césarienne et de la castration humaine.

19°. Une éducation publique telle que chacun puisse
y participer plus ou moins , selon ses facultés intellec-
tuelles , acquérir la connaissance des lois de son pays ,
la force , l'adresse , les talens et généralement parlant ,
toutes les qualités morales et physiques dont il est sus-
ceptible.

20°. L'admission de tous , à tous les emplois , sans
exception , et à toutes les distinctions et prérogatives au-
torisées par la loi , l'inamovibilité de tous les emplois
religieux , civils et militaires , depuis le rang le plus
élevé jusqu'au grade ou au rang d'officier inclusivement,
sauf en vertu d'un jugement , et la responsabilité de
toutes les autorités publiques , le chef-suprême de l'État
excepté.

21°. L'abolition de tout arbitraire dans l'administration comme dans la législation , et , pour y parvenir , la
détermination légale de tous les pouvoirs , la désigna-
tion des qualités requises pour l'admission à tel emploi

que ce soit et celle des causes qui peuvent seules le faire perdre. Enfin le droit pour qui que ce soit de poursuivre, pardevant les tribunaux compétens, les autorités publiques et autres personnes par lesquelles on se croit lésé.

22°. Une noblesse héréditaire par ordre de primogéniture, sans distinction de sexe, qui s'acquière par des vertus et se perde par l'application de toute peine afflictive ou réputée infamante par la loi, mais sans autres distinctions et prérogatives, que celles déterminées par les lois, de manière à ne porter aucune atteinte à l'égalité des droits, des devoirs et des charges.

23°. Des ordres de chevalerie non héréditaires, qui s'acquièrent et se perdent de même que la noblesse, par l'un et l'autre sexe et ne donnent droit qu'à des distinctions et prérogatives déterminées de la même manière.

24°. Des administrations collectives pour toutes les branches principales d'administration publique, notamment pour l'administration de la justice, des finances, des principales divisions territoriales. etc.

25°. L'abolition de toutes les institutions contraires aux lois divines et l'institution de toutes celles qui, étant conformes à ces lois, seront jugées utiles.

26°. L'abolition de la mendicité, la répression de la fainéantise et l'assurance des moyens indispensables d'existence pour un chacun.

27°. La suppression des loteries, et autres jeux publics de hazard et celle des maisons publiques de jeu, de débauche et de libertinage.

28°. L'autorisation légale de s'unir de biens avec qui

l'on veut ; sous telles conditions que ce soit et pour le temps qu'on jugera convenable.

29°. L'obligation générale et sans exception pour les ministres religieux , comme pour les autres autorités publiques, de jurer fidélité à la patrie, aux lois et au Gouvernement.

3o°. Le droit de pétition consacré de telle sorte, qu'il ne puisse jamais être illusoire; mais qu'au contraire l'effet en soit certain , aussi prompt que possible, conforme à la justice, et assuré par la lecture publique de toutes les pétitions adressées à la puissance législative.

20. Les Libéraux doivent , entr'autres principes , consacrer les suivans , et les soutenir avec une fermeté inébranlable.

1°. Il n'y a de lois obligatoires pour quelqu'un , en fait de religion, que celles qui sont universellement reconnues incontestables, et celles qui sont reconnues telles par la religion qu'on professe : j'appellerai celles-ci lois religieuses, et les autres, lois divines.

2°. Il n'y a de lois obligatoires pour quelqu'un, en fait de civilisation, que celles qui sont universellement reconnues incontestables , et celles qui sont reconnues telles, en vertu d'un pacte social tacite ou réel : j'appellerai celles-ci lois civiles, et les autres, lois divine.

3°. Aucune loi divine ne peut être modifiée ; toute loi religieuse ne peut l'être que conformément à la religion qui l'enseigne, et toute loi civile ne peut l'être que conformément au pacte social, en vertu duquel elle existe.

4°. On ne peut professer une religion sans remplir scrupuleusement les obligations qu'elle prescrit; on ne peut faire partie d'une nation, sans en observer les lois, et en général on ne peut faire partie d'une société quelconque autorisée par les lois, sans se conformer à ses statuts.

5°. On n'est tenu de se conformer aux statuts d'une société quelconque, qu'autant qu'on en fait partie ; pourtant, on est obligé de se conformer aux lois des pays qu'on habite.

6°. Les lois divines et religieuses n'ont rien de commun avec les lois civiles ; seulement les lois religieuses et civiles doivent être conformes aux lois divines.

7°. Il n'y a de réligions possibles, que celles qui consacrent, d'après des dogmes quelconques, l'existence d'un ou plusieurs dieux, parfaits et tout puissans, qui prescrivent le culte qu'on doit leur rendre, et proclament des préceptes qui, dans tous les cas, doivent être conformes aux principes moraux universellement reconnus incontestables, enseigner l'amour de la patrie et de l'humanité, l'observance des lois et le respect des autorités publiques, et ne rien prescrire de contraire aux lois divines.

8°. Il n'y a de religion pour un individu, que celle dans laquelle il a été élevé ou qu'il a adoptée solennellement ; s'il ne s'y conforme pas, il doit être considéré comme athée et puni comme tel.

9°. Il n'y a de patrie pour un citoyen que celle de laquelle son lieu de naissance fait partie, en vertu de traités authentiques, basés sur les lois divines et les droits des nations. Quelles que soient les raisons qu'il ait pour s'employer contre elle, s'il le fait il est criminel;

10°. Il n'y a de Gouvernement légitime pour un peuple quelconque, que celui consacré par le temps ou par les lois; celui-ci existe en vertu d'un pacte social réel, l'autre en vertu d'un pacte social tacite.

11°. Nul ne peut s'opposer à l'action légale d'un gouvernement légitimement existant, ni rien exiger de lui, qu'en vertu des lois divines et des lois civiles, tacites ou réelles.

12°. Le pouvoir législatif et le pouvoir exécutif doivent être essentiellement distincts; par conséquent nul ne peut cumuler une fonction législative avec une fonction exécutive. Le pouvoir judiciaire doit être hors de l'influence de tous les autres pouvoirs; ainsi les juges plus encore que les autres autorités publiques, doivent être inamobibles;

13°. La puissance législative ne peut que déterminer ce qui n'est pas encore déterminé par les lois, modifier ces lois, les annuler, y snppléer et les interpréter, conformément au pacte sociale tacite ou réel, et aux lois divines; ces droits ne peuvent appartenir qu'à elle.

14°. Le pouvoir exécutif ne peut qu'exécuter et faire exécuter les lois et prendre les mesures nécessaires à cet effet, en se conformant aux lois divines et au pacte social tacite ou réel.

15°. Le pouvoir judiciaire ne peut juger que selon les lois existantes; il ne peut les interpréter que conformément aux lois divines et au pacte social tacite ou réel; mais il ne peut y rien changer, ni y suppléer.

16°. L'armée ne peut qu'obéir strictement aux ordres qui lui sont donnés, conformément aux lois; elle ne délibère pas.

17°. Le chef d'un culte quelconque, ne peut, comme

tel, s'occuper de rien d'étranger à ce culte, à moins qu'il n'y soit appelé légalement.

18°. Hors de tout ce qui est considéré comme lois divines, tout dépend des lois civiles et religieuses.

19°. Nul ne peut, en vertu des lois religieuses, aller contre les lois civiles : les lois divines sont seules au dessus des lois civiles.

20°. Tous principes consacrés par les lois sont au dessus de ceux consacrés par le temps : un pays ne peut donc plus dépendre légitimement d'un gouvernement consacré seulement par le temps, du moment qu'il a commencé à dépendre d'un gouvernement consacré par des lois, et dès lors nul ne peut, sans trahison, tenter de modifier ce gouvernement, autrement que selon les formes voulues par les lois.

21°. Quiconque se met au dessus des lois, est un usurpateur, aussi bien que celui qui s'élève ou abaisse les autres autrement qu'en vertu des lois; on ne lui doit d'obéissance qu'en ce qui est conforme aux lois.

22°. Tous les hommes étant de même nature, leurs vertus mettent seules une différence entr'eux et leur donnent des droits différens.

23°. Aucun ordre ne pouvant exister dans l'État, que conformément aux lois, nul ne peut se plaindre de ce que tel ordre présente plus d'avantages que tel autre, pourvu que ces avantages soient conformes aux lois divines et aux lois civiles, et que chacun soit admissible dans tel ordre que ce soit.

24°. Aucun culte ne peut s'immiscer dans les affaires de tel ou tel autre culte, et aucun État ne peut s'immiscer dans les affaires de tel ou tel autre État, à moins que ce soit par droit de représailles.

25°. Aucun culte ne peut s'immiscer dans les affaires de l'État. Mais un État peut s'immiscer dans les
affaires de tel culte que ce soit ; pourvu que ce soit
relativement à l'observance des lois divines et des lois
civiles.

Art. 21. Les Libéraux, tout en s'occupant d'institutions
nouvelles, doivent employer tous leurs moyens à faire
respecter les anciennes par qui que ce soit, sans jamais
y manquer eux-mêmes, tant qu'il n'y a pas été légalement dérogé.

22. Les Libéraux doivent prôner en tous lieux les
institutions qu'ils ont en vue, sur-tout les faire valoir
auprès du Souverain, des Conseillers d'État, des Ministres et des Législateurs ; mais ne jamais se permettre
d'éluder la moindre loi existante, parce que tant qu'il
n'y a été légalement dérogé, elle doit être sacrée pour
tout le monde.

23. Il peuvent néanmoins en signaler les vices, et
chercher à faire annuler ou modifier tout ce qui est
contraire aux principes de la libéralité, mais ils ne
doivent pas, pour cela, manquer de se conformer à la
loi la plus injuste, pourvu qu'elle soit légalement existante, ni engager qui que ce soit à l'enfreindre ou à
l'éluder.

24. Les Libéraux, dont le but doit être de baser le
Gouvernement de leur pays sur la justice et la loyauté
envers les étrangers et leurs Gouvernemens, aussi bien
qu'envers leurs concitoyens et leur nation, doivent mé-
connaître tous ceux qui s'écartant de la modération pres-
crite par *la Profession de Foi des Libéraux*, préten-
dent servir la cause du libéralisme en employant des
moyens violens, et songer que la raison seule pouvant

exercer une influence durable sur l'esprit des peuples ,
de tels gens, quelles que soient leurs intentions, ne
pourraient que nuire à la cause sacrée du Libéralisme.

25. Les Libéraux doivent aimer les honnêtes gens
quelles que soient leur patrie, leur religion , leur
opinion politique, leur fortune et leur rang. Ils ne doivent dédaigner personne, mais être indulgens , même à
l'égard des exclusifs. Il y a par-tout des honnêtes gens
auxquels il ne faut que desciller les yeux. Ils doivent
sur-tout l'être à l'égard des vieillards pour lesquels la
force de l'habitude est une seconde nature : le moins
qu'on doive faire pour eux est de respecter, jusqu'à un
certain point, à leur égard, d'anciens préjugés auxquels ils attachent plus d'importance qu'à leur propre
existence ; d'autant plus que le nombre de ces véné-
rables citoyens diminuant tous les jours , le libéralisme
ne tardera pas à marcher sans rencontrer d'obstacles.

26. Les Libéraux doivent aimer et estimer les hommes et s'attacher à eux, non en raison du mérite de
leurs aïeux ou de leurs descendans, mais en raison
de leurs vertus personnelles ; de même ils ne doivent les
mépriser et les fuir qu'en raison de leurs vices per-
sonnels ; mais ils doivent s'attacher d'autant plus aux
citoyens qui ont des parens méprisables, qu'ils sont
eux mêmes plus vertueux , et ne haïr personne.

27. Les Libéraux ne doivent d'hommages qu'à leurs
supérieurs , selon la hiérarchie des grades religieux ,
civils et militaires, aux personnes qu'ils connaissent
pour être respectables en raison de leurs vertus religieuses, sociales ou patriotiques, aux femmes et indis-
tinctement aux personnes plus âgées qu'eux, à moins

qu'elles n'en soient réputées indignes. Ils doivent , d'ailleurs, à tout le monde, hommage pour hommage.

28. Les Libéraux doivent prôner en tous lieux l'égalité
selon les lois, sans distinction de naissance , de fortune
ni de religion, combattre le vain orgueil des riches ,
des nobles et des puissans de la terre ; faire valoir la
vertu du pauvre et celle du faible , autant, et même
plus, que celle des plus riches seigneurs , et dévoiler
sans haine comme sans crainte la turpitude d'un chacun ; enfin ils doivent être plus orgueilleux que les orgueilleux et plus humbles que les humbles.

29. Les Libéraux sont les protecteurs nés du faible ,
du pauvre, de l'orphelin et des opprimés. Ils doivent ,
prendre leur défense toutes les fois qu'ils ont raison , et
soutenir leurs intérêts avec plus de chaleur encore que
les leurs mêmes.

30. Les Libéraux doivent combattre , par toutes sortes
de moyens, les vices, les abus et notamment l'*intolérance*, qu'elle se présente sous une forme politique , religieuse ou autre ; l'intolérance, ce monstre affreux qui
brise tous les liens de la société et gâte le cœur et l'esprit des hommes, brouille les citoyens d'un même pays
entr'eux , les frères avec les frères, les époux avec les
épouses , et même les pères et mères avec leurs enfans.

31. Les Libéraux doivent prêcher en tous lieux la
paix, la concorde, la tolérance , la bienveillance, l'ou-
bli des peines passées et celui des offenses, l'espoir
d'un heureux avenir, la reconnaissance des services ,
l'amour de la vertu et la haine du vice.

32. Les Libéraux doivent s'attacher avec soin à cimenter une union indestructible entre tous les peuples , à anéantir les haines nationales , et à détruire les animosités générales et particulières, et à rendre en toutes choses une justice impartiale aux nations comme aux individus.

33. Les Libéraux doivent , par tous les moyens possibles, chercher à faire jouir tous les peuples et tous les citoyens de chaque peuple , des bienfaits de la libéralité , sans égard aux haines religieuses , nationales ou individuelles qu'ils ne pourraient éteindre.

34. Les Libéraux doivent non seulement chercher à éteindre leurs propres passions ; ils doivent aussi chercher à éteindre celles des autres par les voies les plus douces et les plus insensibles, et ramener ainsi les plus exagérés dans les partis opposés au leur , à faire cause commune avec eux.

35. Les Libéraux doivent tant faire pour leurs ennemis , qu'ils les contraignent à les aimer et même à aimer leur cause. Ils doivent pousser la tolérance jusqu'à faire du bien à leurs plus cruels persécuteurs. Ils doivent décrier les choses qui méritent de l'être, autant que faire te peut, sans décrier les personnes , afin de se faire le moins d'ennemis possible , et réparer , avec une bonne foi imperturbable , les erreurs qu'ils peuvent commettre à l'égard des choses comme à l'égard des individus.

36. Les Libéraux doivent être les premiers à engager les Gouvernemens à indemniser ceux qui , en se conduisant loyalement , ont perdu beaucoup par suite des

innovations et des réactions qui ont eu lieu (1). Sans doute, cette démarche dont le but est d'anéantir les haines, leur gagnera les cœurs des personnes les moins libérales, et fera aimer la cause sacrée du libéralisme par les ennemis les plus irascibles d'une si belle cause.

37. Les Libéraux ne doivent désespérer de personne, chercher à convertir ceux qui ont besoin de l'être, et à ramener, peu à peu, ceux qui sont portés à détester le Libéralisme, parce qu'on en a abusé, en leur faisant voir que les choses les plus louables sont celles dont on a le plus abusé, témoin la religion dont personne ne peut nier l'excellence et l'utilité.

38. Les Libéraux doivent avoir beaucoup de ménagemens pour ceux qui ont beaucoup souffert par suite des abus du Libéralisme : ils doivent en avoir beaucoup aussi pour ceux qui perdent, ont perdu ou doivent perdre à des innovations indispensables, leur faire voir les dédommagemens qu'ils trouveront dans la reconnaissance publique, ceux qu'on ne manquera pas de leur accorder quand on le pourra, la gloire qu'ils acquerront, le contentement intérieur qu'ils éprouveront, et enfin l'immortalité qui les attend.

39. Les Libéraux doivent montrer une grande résignation dans l'adversité et une grande patience envers leurs persécuteurs, sur-tout quand le manquement de telles vertus pourrait être funeste à leur patrie ou à leur

---

(1) Moyen d'exécution : On peut voter tous les ans un ou plusieurs millions de plus à cet effet ; cet acte de justice ne peut manquer de plaire au peuple par cela même qu'il est juste, et de faire des amis au gouvernement. Ce moyen, du moins, sera légal, et souvent on en emploie d'autres qui ne le sont point pour des objets moins importans.

cause. Dans la prospérité, ils doivent se montrer indulgens, généreux, même envers leurs plus cruels persécuteurs, et faire voir ainsi qu'ils vallent mieux qu'eux.

40. Les Libéraux doivent s'attacher avec soin à connaître et à déjouer les projets des factieux quels qu'ils
soient, à en faire atteindre et punir les auteurs, sans
égards à leurs titres, rangs, fortunes, états ou profes-
sions. Ils doivent sur-tout s'attacher à détromper les
malheureux qu'on aurait cherché à induire en erreur,
dans le dessein de les sacrifier à de misérables projets
ou à d'indignes passions, soit par perfidie, soit dans des
intentions droites, mais illégales.

41. Les Libéraux doivent enseigner aux peuples à
méfier de ces éternels perturbateurs du repos public, et
qui ne veulent bien souvent que renverser les gouvernemens existans, afin de trouver leur propre compte dans
de tels bouleversemens; s'ils ne cherchent d'ailleurs à
faire abuser les peuples du plus ou moins de liberté dont ils
jouissent afin d'avoir un prétexte pour la leur ravir au
profit de la féodalité, du despotisme ou de l'anarchie.

42. Les Libéraux doivent se méfier des distractions
que certaines gens cherchent à leur donner en attirant
leur attention sur des évènemens préparés à dessein,
toujours avec perfidie, et trop souvent avec une barbarie
effrayante, en prêchant la démoralisation, et même en
engageant les hommes à s'adonner au plaisir, au libertinage et à la débauche; car tous les moyens sont bons
pour les suppôts de l'anarchie, de la féodalité et du despotisme, et ils savent que plus on s'occupe de pareilles
choses, moins on songe à entraver les machinations.

43. Les Libéraux doivent décrier sans relâche les mé-

chans, et dissiper les craintes qu'ils cherchent à ins-
pirer aux faibles, relativement au peuple dont ils affectent
de craindre la licence, parce qu'ils ne voudraient de liberté que pour eux seuls, afin d'être toujours impuné-
ment oppresseurs, jamais opprimés, et de n'avoir pas
même à craindre la répression légale.

44. Les Libéraux doivent démasquer les hypocrites
qui, pour calomnier le siècle, supposent des crimes et
par fois les commettent, ou font naître des abus, afin
d'avoir à les réprimer et d'en accuser les Libéraux et
leurs principes (1).

45. Les Libéraux doivent éviter, autant que possible,
de faire connaître les voies par lesquelles ils parviennent
à dévoiler les projets et les secrètes pensées de leurs ennemis, de crainte de leur donner l'éveil et de ne pouvoir,
profiter une autre fois de leur maladresse.

46. Les Libéraux doivent toujours être prêts au pre-
mier signal du Gouvernement, soit pour marcher
contre les ennemis extérieurs de l'État, soit pour contraindre de rentrer dans le devoir, ceux qui oseraient
tenter de troubler l'intérieur. En ce dernier cas, les Libéraux ne doivent jamais porter les premiers coups,
mais ils doivent d'abord chercher à ramener, par la
raison, les personnes égarées, et riposter ensuite vigou-
reusement, s'ils y sont contraints.

47. Quels que soient leurs projets ou leurs griefs,

---

(1) Qu'on ne perde pas de vue les machinations relatives à
l'École de Droit parisienne, et l'on sera bientôt convaincu que les
armes les plus perfides sont celles que préfèrent les illibéranx :
elles ne leur coûtent que l'hypocrisie.

les Libéraux ne doivent jamais être du côté de l'insur-
rection, à moins qu'elle n'ait lieu contre des étrangers
qui envahiraient le sol sacré de la patrie, n'importe
dans quelles vues. En général, ils sont nécessairement
l'appui de tout Gouvernement légitime, et toutes autres
voies que les voies légales, leur sont interdites vis-à-
vis de ce Gouvernement.

48. Quand la patrie est en danger, les Libéraux, s'ils
se trouvent en opposition avec le Gouvernement, doivent
donc se rallier franchement à lui, même au préjudice de
leur cause, et montrer ainsi qu'ils sont les plus sages,
et que la Patrie, chez eux, passe avant tout, même
avant leur opinion.

49. Les Libéraux ne doivent trahir personne, être
toujours fidèles, notamment à leur Patrie, ne jamais
l'abandonner, quelle que soit sa situation, et ne jamais
tenter de la déchirer à l'intérieur ni à l'extérieur par
tels moyens que ce soit, pour servir un parti ou un
individu préférablement à elle. Les Libéraux doivent
donc servir leur Patrie, sous tel Gouvernement que
ce soit, ne fut-ce que pour empêcher les méchans d'occuper les emplois, pourvu toutefois qu'ils fassent le
bien et jamais le mal.

50. Les Libéraux doivent songer que pour être à
même de faire beaucoup de bien, il faut être riche
ou puissant, qu'ainsi ils peuvent, sans rougir, chercher
à acquérir de la richesse ou de la puissance par des
voies légitimes seulement, pourvu qu'ensuite ils
n'oublient jamais l'emploi qu'ils doivent faire de
l'un et de l'autre.

51. Les Libéraux doivent donner libéralement aux
pauvres quand ils le peuvent, aider de leurs conseils

tous ceux qui peuvent en avoir besoin, et semer dans tous les cœurs le germe des vertus religieuses, sociales et patriotiques, qui toutes s'allient parfaitement avec les idées saines de libéralité.

52. Les Libéraux doivent s'attacher à mériter l'estime publique, la considération et la confiance générale, ne donner sur eux aucune prise à la malveillance, et se conduire en tout comme de dignes enfans de Dieu, de fidèles serviteurs de la Patrie, de fidèles observateurs des lois divines et humaines, de respectueux subordonnés et de bons, loyaux et charitables citoyens ; en sorte qu'on soit obligé d'avouer hautement qu'ils sont les plus dignes, et de les traiter en conséquence.

53. Les Libéraux étant de bonne foi, doivent croire à la bonne foi de tout le monde, interpréter toujours les choses à bien plutôt qu'à mal ; mais être d'autant plus implacables à l'égard des fourbes une fois qu'ils les connaissent.

54. Les Libéraux doivent faire en sorte qu'on ne puisse jamais les blâmer ni les tourner en ridicule ; mais que la raison et la justice soient toujours de leur côté. Quant à leur sainte cause, la présente *Profession de Foi* la met hors de l'atteinte de ses ennemis.

55. Les Libéraux doivent répandre en tous lieux l'esprit du libéralisme, propager les idées libérales, les écrits libéraux, et chercher à se créer des partisans par toutes sortes de voies légales, notamment en prenant toujours le parti des opprimés, fussent-ils leurs ennemis.

56. Les Libéraux doivent poursuivre, sans pitié, de vant les tribunaux compétans, tous fauteurs d'ac-

lions arbitraires , illégales ou concussionnaires , sur-
tout s'ils passent pour Libéraux, et les décrier dans
le public, mais sur-tout auprès des autorités supérieures ,
jusqu'à ce qu'ils aient renoncé à leurs emplois ou qu'on
les y ait contraints.

57. Les Libéraux doivent se méfier de ceux qui pren-
nent avec eux un ton d'autorité, des airs de dédain
ou de domination, qui donnent avec ostentation et
reçoivent comme par grâce, qui affectent de vouloir
bien les protéger ou s'intéresser à eux, etc., etc. Ce sont
des hypocrites qui cherchent ainsi à acquérir ou à con-
server une sorte de prééminence , et ne désirent rien
moins que le retour de la féodalité et des privilèges.

58. Les Libéraux doivent enseigner au peuple à
se méfier de ceux qui lui font du bien avec ostentation : ils ne veulent, bien souvent, qu'aveugler le
peuple , afin de l'asservir plus aisément , que lui faire
un bien passager , afin qu'il se laisse faire un mal durable, que lui faire sentir en passant la douceur de
leur domination , afin de l'engager à se laisser dominer
de telle sorte qu'ils puissent faire peser sur lui peu-
à-peu les fers odieux de la féodalité.

59. Les Libéraux ne doivent chercher d'appui que
dans la justice, de protection que dans les lois, d'amis
que parmi leurs égaux, et n'accepter de bienfaits que de
personnes dévouées, comme eux, à la Libéralité.

60. Les Libéraux ne doivent s'allier à d'Anti-Libéraux , qu'autant qu'ils sont moralement sûrs d'avoir assez d'influence sur eux et les leurs, pour les ramener
dans le droit chemin, ou du moins qu'ils sont assez sûrs
d'eux-mêmes pour ne pas se laisser entraîner dans la
mauvaise voie.

61. Les Libéraux doivent chercher à ne faire occupér les emplois que par des personnes qui en soient dignes, afin que le souverain ne soit pas entouré par des hommes qui l'entretiendraient dans des sentimens anti-libéraux, et qu'en général le peuple ne soit pas conduit par des gens qui, au lieu de l'entretenir dans des idées libérales, le nourriraient d'idées opposées au bien public et à la saine raison.

62. Les Libéraux doivent veiller à ce que ceux qui en ont le droit, se fassent inscrire sur les listes d'électeurs et d'éligibles, et se présentent ensuite aux élections ; nul libéral ne pouvant, sans crime, manquer aux moindres devoirs de citoyen, notamment à ceux d'électeurs et de législateurs.

63. Les électeurs libéraux ne doivent donner leurs voix qu'à d'autres Libéraux, sans distinction de religion, de naissance ni de profession ; convenir, avant les élections, des candidats qu'ils doivent présenter, afin de ne point assurer le succès des anti-Libéraux, en partageant leurs voix ; mais s'ils ne sont pas assez nombreux pour faire élire Députés des personnes éminemment libérales, ils doivent se joindre à ceux qui présentent des candidats mixtes, afin d'éloigner du moins les anti-Libéraux. Ils doivent profiter des divisions, mais chercher à les éteindre et non à les faire naître.

64. Les électeurs libéraux doivent songer que ce sont des Députés attachés à la chose publique, sages, prévoyans et capables, qu'il faut élire, non positivement des hommes dévoués particulièrement à une province, encore bien moins à des individus ; mais de ceux qui s'attachent avec force à tout ce qu'ils trouvent de bien

.et d'équitable, même dans les hommes et les choses les plus opposés à leurs principes.

65. Les électeurs libéraux doivent étudier avec soin l'opinion des candidats et des Députés, afin de savoir quels sont ceux qu'ils doivent nommer, réélire ou remplacer. En général, les Libéraux doivent éveiller l'attention publique sur tout ce qui peut profiter ou porter atteinte à la Libéralité, notamment pendant les élections et la discussion des lois.

66. Les électeurs libéraux doivent s'attacher à nommer des scrutateurs intègres, et s'assurer que toutes les voix pour tels ou tels candidats sont comptées avec une scrupuleuse exactitude, en sorte que les Députés nommés soient véritablement les Députés élus, dussent-ils n'être pas libéraux.

67. Les électeurs libéraux ne doivent nommer Députés que des hommes indépendans par leur manière de voir les choses, sans emplois qui les mettent sous la dépendance de qui que ce soit, notamment sous celle de l'autorité, remplis d'énergie, et assez forts en principes pour ne pas les sacrifier à leur intérêt personnel, à leurs passions, à celles des autres, à d'absurdes souvenirs ou à de coupables espérances, mais seulement à l'intérêt général.

68. Les électeurs libéraux doivent se garder d'élire Députés des personnes qui, étant appelées à la confection des projets de lois, ne pourront que les défendre, ou qui ont un intérêt quelconque contraire à la libéralité, à moins que leurs principes libéraux ne soient bien positifs. En général, le pouvoir législatif devant être essentiellement distinct du pouvoir exécutif, nul ne doit cumuler une fonction législative avec une fonction exé-

cutive , ce qui , d'ailleurs , serait nuisible aux administrations publiques.

69. Les électeurs libéraux doivent exiger une sorte de
déclaration publique de ceux qu'ils veulent élire , afin
qu'étant une fois Députés , ils ne puissent dévier de leurs
propres principes sans se couvrir d'infamie. Il peut suf-
fire aux candidats de reconnaître la *Profession de foi
des Libéraux.*

70. Les législateurs libéraux doivent peser avec soin
chaque article de chaque loi , et même chaque mot de
chaque article , se rappelant sans cesse qu'il n'est pas de
si bonne institution dont les méchans ne puissent abuser ; mais qu'on doit , du moins , leur laisser le moins
possible de facilités à cet égard.

71. Les législateurs libéraux doivent confectionner
les lois , non eu égard aux bons souverains et aux bons
citoyens , mais telles qu'il les faut à de mauvais princes
pour bien gouverner de mauvais citoyens , et tenir à l'in-
sertion dans les lois , des dispositions qui prescrivent
telles ou telles choses , qu'elles se fassent ou non sans
cela ; parce que , tant qu'elles ne se font pas d'obligation en vertu de la loi , elles peuvent cesser d'être
faites.

72. Les législateurs libéraux doivent discuter les lois
avec calme , confiance , impartialité et persévérance , et
chercher ainsi à captiver l'admiration universelle , et
même , s'il est possible , les suffrages de leurs antago-
nistes , auxquels ils doivent abandonner toutes les expressions indécentes et la voie des personnalités.

73. Les législateurs libéraux doivent se garder , dans
la discussion des lois , d'avoir recours à l'ironie , à l'in-

jure ; à la calomnie ou à de fades plai anteries, pour répondre à leurs adversaires du dedans comme du dehors
de l'Assemblée législative ; ils manque aient ainsi à leur
dignité et à celle de la loi. En général, les libéraux doivent mépriser la calomnie et l'injure, et n'y répondre,
bien souvent, que par le mépris du silence.

74. Les législateurs libéraux, quel que soit le prin-
cipe qu'ils attaquent ou qu'ils défendent, doivent se garder d'employer des expressions capables d'exciter la
haine, d'aigrir qui que ce soit, de réveiller les passions, etc. : leurs discours doivent toujours tendre à
unir les citoyens, dans l'intérêt des peuples, de l'État,
de la religion et des individus.

75. Les législateurs libéraux, quand ils ne sont pas
assez nombreux pour faire accepter une disposition libérale ou en faire rejeter une anti-libérale, soit en ne votant point, soit en votant pour ou contre, doivent se
joindre à ceux qui appuient l'amendement le moins contraire à la libéralité, et attendre le reste du temps et du
progrès des lumières. Ils doivent même éviter de se
mettre en opposition avec le Gouvernement, quand
cette opposition serait inutile. Il serait adroit de placer
toujours les illibéraux dans un système d'opposition, et
de ne s'y trouver soi-même que lorsque cela pourrait
produire un bien quelconque, ou lorsqu'il y aurait une
sorte d'infamie à ne pas s'y trouver.

76. Les législateurs libéraux doivent exprimer positivement leur opinion, en se conformant toutefois aux
instructions qu'ils peuvent avoir reçuesde leurs com-
mettans, et nulles considérations particulières ne doivent leur en faire exprimer une autre. Ils ne doivent

pas songer à ce qu'ils peuvent perdre ou gagner en se conduisant de telle manière plutôt que de telle autre, mais seulement à faire le bien et à éviter le mal. Un législateur ne doit donc se laisser influencer que par la justice et la raison. Il est, d'ailleurs, arrivé trop souvent, que le pouvoir exécutif, abusant de son empire sur des législateurs pusillanimes, les a fait changer, maintes fois de suite, d'opinion, et a livré ainsi à la risée du public, des hommes qui ne devraient jamais cesser d'être l'objet de sa vénération (1).

77. Les Législateurs libéraux ne doivent pas dédaigner la moindre concession libérale, n'importe par qui et comment elle est faite : cependant ils doivent songer qu'il vaut mieux attendre encore une bonne loi que d'en accepter une mauvaise, sur-tout si elle doit être irrévocable, à moins qu'on ne se mette, en la refusant, dans le cas de n'en pas avoir du tout.

78. Les Libéraux, ministres d'un culte quelconque doivent, dans leurs instructions religieuses, jeter quelques semenses de libéralisme, et faire voir que la religion s'allie parfaitement à la libéralité ; que le libéralisme est selon les lois divines et naturelles, et qu'on doit le protéger.

76. Les Libéraux Chrétiens doivent sur-tout être tolérans, chercher à gagner, à entraîner les cœurs et les esprits, jamais à les soumettre, à persuader et à convaincre, jamais à contraindre. Ils doivent se garder avec soin d'imiter ces prétendus Chrétiens qui, en se

____

(1) Qu'on se rappelle en France la discussion sur le rappel des bannis.

plaignant des abus de la liberté, en abusent eux-
mêmes au point de ne respecter aucune institution publique qui n'est pas conforme à leurs vues égoïstes ou
à leur sordide intérêt.

80. Les Libéraux des cultes non privilégiés doivent
montrer beaucoup de patience et de résignation, profiter des circonstances qui peuvent leur être favorables,
sans oublier le respect qu'ils doivent aux lois de leur
pays, si contraires qu'elles soient à leurs intérêts, et
chercher, par toutes sortes de voies légales, à obtenir
ce qui est selon la justice. Les Libéraux des cultes privilégiés doivent appuyer leurs efforts de toute leur
force.

81. Les Libéraux militaires doivent se distinguer par
leur fidélité envers leur Souverain et le gouvernement
de leur pays, et par leur bravoure ; ne point servir
plutôt que de trahir, et ne jamais craindre de faire
connaître leurs sentimens libéraux à qui que ce soit.
La loyauté est la première vertu du soldat, bien plus
encore que celle de tout autre citoyen.

82 Les Libéraux qui approchent le Souverain, doivent l'entretenir d'idées libérales, ne pas perdre une
seule occasion d'obtenir de lui quelque chose d'avan-
tageux au libéralisme, et ne jamais craindre de lui
dire le bien qu'il peut faire et le mal qu'il peut empêcher.

83. Les Libéraux ne doivent pas laisser une concession libérale sans récompense, quelle qu'en soit la
source ; ils doivent sur-tout priser celles qui viennent
du chef de l'église chrétienne et des autres Souverains,
parce qu'elles ne peuvent que leur coûter beaucoup, et

s'ils sont impuissans pour les récompenser autrement , ils doivent songer que les louanges sont permises quand elles sont méritées , et qu'alors elles causent les plus douces émotions à ceux qui les obtiennent, et contribuent même ainsi à prolonger leur existence (1).

84. Les Libéraux doivent, autant que possible, laisser les grands qu'ils amènent à faire des sacrifices à la libéralité, dans la persuasion qu'ils font ces sacrifices d'eux-mêmes; attendu que ce sera déjà pour eux une sorte de récompense , et que, d'ailleurs, les hommes en général et sur-tout les hommes puissans sont bien plus disposés à faire ce qu'ils croient venir d'eux-mêmes que ce qu'ils savent venir de l'insinuation des autres.

85. Les Libéraux doivent songer qu'on obtient peu de chose par la force, et que le mal qui s'ensuit est toujours plus grand que le bien qu'on en retire ; on obtient davantage par la persuasion, plus encore par la honte ou par des louanges méritées, mais on obtient tout ce qu'on désire quand on sait intéresser le donateur à donner.

86. Les Libéraux Administrateurs doivent s'attacher particulièrement à protéger les Libéraux qui en sont dignes, et à soutenir et faire prospérer les institutions libérales, mais toujours par des voies légales.

87. Les Libéraux Juges doivent se distinguer par leur scrupuleuse justice, mais se montrer plus sévères à l'égard des faux Libéraux, qu'à l'égard de ceux qui marchent franchement dans la voie opposée.

---

(1) Puissent les Libéraux Français prolonger ainsi long-temps celle de leur digne Souverain.

88. Les Libéraux auteurs doivent répandre avec pro-
fusion dans tous leurs écrits des idées libérales, prôner
les Libéraux, immortaliser les Souverains libéraux, ne
décrier que les méchans de quel parti qu'ils soient ,
non par esprit de vengeance, mais dans la seule vue
du bien, et tourner en ridicule tout ce qui est contraire à la libéralité, notamment la féodalité : le ridicule est l'arme la plus puissante et la moins dan-
gereuse.

89. Les pères et mères et les instituteurs Libéraux
doivent s'attacher avec le plus grand soin à répandre
dans le cœur et dans l'esprit de leurs élèves, des idées
libérales, à éloigner d'eux toutes les idées opposées, à
leur faire fréquenter des personnes libérales et à les
éloigner de celles qui ne le sont pas ; sans leur laisser
oublier que la licence n'est point du libéralisme, et four-
nit au contraire des armes contre lui, aux Illibéraux.

90. Les Libéraux qui ont de l'influence, doivent
l'employer à faire valoir, aimer, servir et protéger les
Libéraux, et en général tout ce qui tient à la cause
sacrée du libéralisme.

91. Les Ministres et Conseillers d'Etat Libéraux,
doivent songer que leur crédit et leur puissance peuvent cesser, et qu'alors leur seule gloire et leur unique
bonheur seront dans une bonne conscience , dans
le souvenir de leurs bienfaits et dans les regrets que
leur chute causera aux peuples et aux citoyens.

92. Les Libéraux qui n'ont point d'influence, doivent
s'attacher à ceux qui en ont, et leur faire part de leurs
idées, s'ils les croient de nature à être utiles au libéralisme, afin que ceux-ci les mettent à profit : ils doivent

d'ailleurs chercher à acquérir cette influence qui leur manque; mais peu leur importe, dans le fond, que le bien soit fait par eux ou par d'autres, l'essentiel, pour eux, est qu'il soit fait.

93. Les Souverains Libéraux doivent user de l'influence qu'ils ont dans le monde, pour protéger de tout leur pouvoir et en tous lieux, les idées saines de libéralité, certains qu'ils doivent être de l'appui de tous les Libéraux, appui qui n'est point à dédaigner, parce que ceux qui savent penser généreusement, reçoivent de Dieu une vigueur et une force de caractère irrésistibles.

94. Les Libéraux, fussent-ils Souverains, doivent non seulement sacrifier leurs propres intérêts à l'intérêt général, ils doivent aussi lui sacrifier l'intérêt de leurs parens et amis; mais, dans aucun cas, ils ne peuvent se dispenser de compenser autant qu'ils le peuvent, les dommages causés à qui que ce soit.

95. Les Libéraux en général doivent se dévouer entièrement à leur cause, faire en sorte que, si elle ne produit aucun bien, elle ne soit du moins cause d'aucun mal, qu'elle ne porte, autant que possible, préjudice qu'aux méchans; et enfin que, si elle doit avoir ses martyrs, elle n'ait point ses victimes.

96. Les Libéraux ne doivent pas se laisser rebuter par les obstacles, non plus que par la défaveur qu'on jette sur eux, ni par l'opprobre dont les méchans, quels qu'ils soient, cherchent à les couvrir : ils doivent se convaincre qu'ils agissent pour le bien, et du moment qu'ils ont atteint cette conviction, ils doivent être inébranlables.

97. Les Libéraux du monde entier se doivent un mutuel secours, notamment en fait de Libéralité. Ils ne peuvent être étrangers aux peines ni aux plaisirs les uns des autres, sur-tout aux peines qui leur proviennent pour cause de Libéralisme. Agir contre des Libéraux est un crime de lèze Libéralité ; refuser son appui, des secours, de bons offices, et, en général, ce qu'on peut à d'autres Libéraux, est un autre crime, sur-tout quand il s'agit d'utilité publique, c'est-à-dire de Libéralisme.

98. Les Libéraux, en général, doivent éviter l'ostentation, montrer un grand désintéressement, renoncer aux places qu'ils occupent quand ils ne sont plus dans le cas de les remplir, ou quand il se trouve des personnes qui en sont plus capables qu'eux, sacrifier leurs biens, leurs fortunes, leur vie et même leur bonheur, pour servir la cause sacrée du Libéralisme.

99. Les Libéraux ne doivent nullement voiler leurs opinions, leurs pensées ni leurs vœux, ils ne doivent avoir rien de caché : celui qui pense mal, qui fait des vœux contraires au bien général ; en un mot, qui n'est point libéral, a seul raison de voiler ses méprisables pensées, ses infâmes désirs et ses coupables espérances.

100. Les Libéraux, enfin, doivent bannir toute espèce de dissimulation, et marcher franchement, et par des voies légales, droit à leur but, toujours se conformer aux actes légaux d'une autorité légale, et ne jamais se conformer à rien d'illégal.

HACQUART, Imprimeur, rue Git-le-Cœur, n.° 8.